Die Sieben Wurzeln

Fred Hageneder

die Sieben Wurzeln

eine keltische einweihung

NEUE ERDE

4 5 6 7 8 9 10 10 09 08 07 06 05 04 03 02 01 00 99 98 97 96

Die Sieben Wurzeln
Fred Hageneder
4. Auflage 1996

Titelseite:
Illustrationen: Fred Hageneder
Gestaltung: Fred Hageneder/Dragon Design

Buchgestaltung, Illustrationen, Kalligraphie: Fred Hageneder

Gesamtherstellung: Fuldaer Verlagsanstalt GmbH, Fulda

Printed in Germany

ISBN 3-89060-121-9

Neue Erde Verlag GmbH
Rotenbergstr. 33 · 66111 Saarbrücken
Deutschland · Planet Erde

Bildteil

mit dem handgeschriebenen Text

Der gesetzte Text beginnt auf Seite 75.

Der Autor, Fred Hageneder, ist Mensch, Diplom-Designer und Musiker. Mehrere Reisen haben ihn wiederholt in die keltischen Gebiete besonders Süd- und Westenglands, Irlands, Schottlands und vor allem Wales' geführt, wo er sich intensiv auf den Geist des Landes einließ.

Er lebt heute in Westengland und arbeitet gegenwärtig an einem Buch über Bäume und Druiden sowie an weiteren Veröffentlichungen keltischer Musik.

Vom selben Autor:
Phoenix CD/MC: *The Seven Roots (Celtic Harp and beyond)*
Phoenix CD/MC: *The Celtic Tree Circle*

Bücher in Vorbereitung:
Geist der Bäume
Die geweihte Harfe

The energy i did need to
fullfill the intuitive Instructions
for this book is token of my
love for Thee, Elaine ,
and Thy child, life holy ,
living in Wales, where my heart
is all the time.

Von Portugal und Irland bis zum Schwarzen Meer, von den Alpen bis nach Mitteldeutschland und Hochschottland reichte das Gebiet, in dem keltische Völker 800 Jahre lang aktiv waren. 2 Millionen Quadratkilometer Land, auf dem keltische Dialekte gesprochen wurden. Das halbe Jahrtausend v. Chr. gehörte der Blüte dieser Kultur. Dann kam das Römische Imperium. Doch die Kelten wurden nirgends völlig ausgerottet, nur überlagert. So fließt in unser aller Adern auch keltisches Blut.
Bereits um 600 v. Chr. kamen goidelische Kelten aus Spanien nach Irland und ungefähr hundert Jahre später begannen brythonische Kelten die britannischen Inseln zu besiedeln (die waren bis dahin nur von piktischen Stämmen bewohnt).

Die Gesellschaftsform war matriarchalisch, die Gleichheit der Geschlechter natürlich selbstverständlich (so fürchteten die Römer am meisten die Schlachten, in denen sich die Keltinnen entschlossen, mitzukämpfen). Auch zwischen den einzelnen Stämmen gab es oft Fehden aber das bindende Glied war ein tief religiöses Bewußtsein (als Religion und Alltag noch nichts voneinander Getrenntes waren), ein intensives, leidenschaftliches Erleben einer kosmischen Ganzheit, die Diesseits und (das unserer unmittelbaren Erfahrung verlorengegangene) Jenseits zu einer kraftvollen Einheit verschmolz. Die Grenze zur "Anderswelt" war fließend. Mehr als alle anderen Völker wahrten die Kelten das 'Mondbewußtsein', die ausgelebte Wahrheit des unbewußten Teils der Psyche; des Feminen und des Chtonischen Prinzips. So begann z.B. ein neuer Tag mit Sonnenuntergang, ein neuer Monat (Mond) mit der ersten Sichel des zunehmenden Mondgesichts, ein Jahr allerdings mit der Rückkehr des Lichts, was mit der ersten Milch der Mutterschafe zu Brigantia am 1. Februar gefeiert wurde.

Diese Erzählung beginnt in der Großen Hütte der 'tuath da Rhiannon', des "Volkes, Stammes der Muttergöttin mit den 1000 Namen". Ihr Dorf liegt unweit der Nähe zur Ostküste Britanniens und es ist Lugnasad, das Hochsommerfest, die Nacht zum 1. August. Lugnasad gehört wie Brigantia, Beltane (Fruchtbarkeitsfest am 1. Mai) und Samuin (die 'lange, dunkle Nacht'; Chaos; Neuschöpfung der Welt; Wiedergeburt des Lichtes; Sirius, der federngeschmückte Sternentänzer; am 1. November) zu dem Zyklus der Feiern der 'niederen Äther', der Erdkräfte, die sich mit den Sonnenwenden und Tag-und-Nacht-Gleichen (21.12., 21.6., 21.3. und 23.9.), den 'höheren Äthern', zum 8-speichigen Rad des Jahres vermählen.
Wir haben 55 v. Chr. und noch wissen die tuath da Rhiannon nichts von römischen Invasoren.

I. Wurzel
veränderung

Gegen Ende der Zeremonien ergriff Ugran das Wort. Er war der letzte seines Geschlechtes, der Großen Albiognati (die mit dem All Vertrauten), von dem man sagte, es stamme von den Göttern selbst ab. Seine klaren Augen starrten in Unsichtbares.

"Eine Zeit sehe ich" begann er, "in der allzu Vieles anders wird als wir es kennen, meine Freunde. Lang schon wußte ich um sie und nun darf ich es euch nicht länger verschweigen. Mögen die Archai euch beistehen. Auch ich will mit euch kämpfen von der Anderswelt aus. Nicht lange mehr werde ich unter euch weilen. So komme denn was da kommen muß ..."

FRed 81

Und kein Wort kam je mehr über Agran's lippen. Der letzte Albiognati verließ diese Welt durch den Speer eines Dekurio. Doch einen letzten blick schenkte er seinen Geliebten und der war mehr wert als Worte. Kraft drang aus diesen Augen und Weisheit legte sich in die Gemüter und ließ sie die verborgenen Gesetze des Schicksals erkennen. Macht war dieser blick, der die Trauer und die Wut in den Seelen zu der Kraft umwandelte, nicht blind, sondern demütig vor dem leben zu kämpfen. Und liebe war dieser blick, der allen eine tiefe Ruhe schenkte, indem er ihnen eröffnete, daß nichts wirklich böses ihnen zustoßen kann. Innere Gelassenheit, mild und golden, erfüllte ihre Tiefen; ein lächeln, wissend und weit wie der blaue himmel an einem Sommernachmittag. So verschied Agran und es entbrannte eine Schlacht die hier nicht wiedergegeben werden soll. die Geistverbündeten der Kelten waren mächtig und die Römer mußten sich schon bald wieder zurückziehen.

Nur des jungen Cerric' Karma hatte ausersehen ihn in die hände der Invasoren zu geraten.

So begann seine Prüfung Sklave zu sein für Rom...

Und es waren Jahre, die Cerric auf einer Galeere litt. doch er wollte leben um zurückkehren zu können zu der Gemeinschaft, aus der er gerissen wurde; die Familie nach der er sich sehnte, seine Geborgenheit. dort in der Fremde erlebte er Folgendes in seinem Innern:

"Ich bin Kainu-Schusch, Cerric, dein kleiner Drache. Siehe die Abbilder deiner Geliebten in dir. Die Vorstellungen deiner Liebe, die du immer mit dir trägst. Die dich glücklich und kräftig machen, die dich antreiben, wenn du ausgepeitscht und zerschunden am Boden liegst. Die deinen Lebenswillen tränken, wenn sie in dir tanzen. Groß sind sie und stark, doch ich fange zu knabbern an, kleine Löcher erst fresse ich, mein Bauch der Vergessen heißt..."

"Nein," schrie Cerric verzweifelt, "nein, nehme sie mir nicht! Nichts schmerzt so sehr, wie sie zu verlieren. Es schiene mir Verrat meiner Liebe, wenn ich sie dir überließe. Kämpfen will ich wider dich, du unseeliges Geschöpf, eher noch verenden als dir meine Lieben zu überlassen."

"Und doch wirst du es tun" sagte der Drache, "Cerric, du weißt, ich bin nicht bösartig. Aber ich bin kein Wesen mit Gefühlen, wie du. Ich verstehe das nicht. Ich folge nur meiner Natur. So werden wir uns halt bekämpfen, aber du kannst nur verzögern, was unweigerlich geschehen wird. Verblassen werden die Nachbilder in dir, am Horizont sich verlieren, versinken in Nebel und Finsternis, bis schließlich nur noch eine abstrakte Idee an deinem Willen tätig sein wird. Eine Wahnidee, wie dir dann die Geister des Zweifels sagen werden. So beginne ich zu fressen, sobald du mir den Rücken zudrehst und verstehe nicht deinen Schmerz."

Cerric fühlte sich furchtbar ohnmächtig (im wahrsten Sinn des Wortes). Quälend erfüllte ein unvorstellbarer Schmerz seinen brennenden Kosmos. Dies war der Moment seiner Vernichtung. Sein letztes Fünkchen Lebensgeist fragte mit gebrochener Stimme: "Warum bist du nur in mir, Kainu-Schusch? Wie sollten wir jemals in Harmonie zusammenkommen, wenn **das** dein Wirken ist?" Und der Drache gab Antwort.

"Siehe, Cerric! Ich fresse das persönliche deiner Erinnerungen; nur die Gefühle, wogend, bleiben; aber die Zielrichtung verschwimmt. So kannst du nach der Überwindung der Zweifel dein Seelenleben transformieren zu wahrer Erkenntnis. Um aufzusteigen zu höheren Ebenen des Seins. Und anschließend deine persönlichen Bindungen wieder aufzunehmen, wenn du willst.

Geläutert sind sie dann..."

FRed 81

FRED HAGENEDER, POGGFREEDWEG 19, 2HH 73

2. Wurzel
Suche

Gesegnet war der Tag, der Cerric als freien Menschen in seine Heimat zurückführte...

FRed81'

Orte fand er wieder, die er einst als Kind erlebt und geliebt, und sie begrüßten ihn stumm. Manch alte Freunde sah er, oder deren Nachkommen. Oft sprach er mit Tränen in den Augen zu ihnen, denn diese kleinen Erlebnisse bebten mächtig in ihm, kraftvoll wie Blitz und Donner.

Einzig seine Menschenfreunde waren verschwunden. Fortgeweht. Spurlos. Kein Wesen wußte von ihrem Verbleib, daß wollte der Zufall. So fiel Cerric die Entscheidung zu, sich auf eine Suche zu machen, die dem Verstande hoffnungslos dünkt.

FRed 81

Aber Cerric gehörte noch zu denjenigen des Menschengeschlechts, denen fortwährend eine Melodie im Herzen singt. Gewiß, sie war leiser geworden in den vergangenen Jahren, nach ersten Unterbrechungen zeitweilig sogar selten, doch nie versäumte sie es, sich in den Momenten der Verzweiflung und der völligen Aufgabe groß aufzubäumen, Cerric zu mahnen und ihn anzutreiben, weiter seinen Weg zu gehen. Unerschütterlich seiner Bestimmung entgegen. Und nun, in dem alten, geliebten Lande, wuchs sie sogar schon wieder, ja machte schon erste Versuche, mit dem Lied des Umgebenden Universums erneut in Einklang zu kommen....

FRed 81

FRed 81

FRed 81

"Höre, Cerric! Athumb-Gador spricht zu dir. Du bist hier am Fuße der Cadair Idris, atlantische Mondpriesterin die ein Berg wurde. Jana Ymmiriel die heitere, Königin der Quellen und meine Herrin, läßt dich zu sich rufen. Ihr treuer Wächter weißt dir mit diesem Zweig den Weg.
Athumb-Gador hat gesprochen und singt nun weiter sein Lied im Winde!"

"Heil dir, Cerric, Wanderer und Sucher!
Jana Ymmiriel, die heitere Tochter Rhiannon's steht vor dir. Die Königin der Fröhlich-Plätschernden erscheint dir jedoch nicht so, wie sie wirklich ist, denn deine Verfassung trübt das Bild.

Die blaue Perle Erde, Unsere Mutter, bat mich, ihr Blut, dir etwas zu sagen, Cerric! Dein irrender Schritt, mit schwankender Hoffnung und Schmerz und Ärgernis, dein Schritt, der nicht wie einst voll Freude geht und um sie zu küssen, macht Sie, die Alles-Miterleidende, traurig, sehr traurig. Darum sagt sie dir: "Sei wohlgemut und wende deine Schritte nach Süden. Immer nach Süden. Es ist nicht mehr allzu weit. Danke dem Himmel und setze deine Füße mit zärtlichen Gedanken auf die alle-Ernährende!" Gehe deinen Weg, Cerric! Deine Heilung ist unsere Heilung; dein Wachstum ist unser Wachstum."

3. Wurzel ein Ziel
Fred 81

Und Cerric dankte ihr und folgte ihrem Rat, denn er fühlte sehr wohl, daß das Ereignis ihrer Begegnung eine große Gnade für ihn war.

Festen Schritts zog er weiter und wunderte sich nicht, als er bemerkte, wie das Leben um ihn sich verändert hatte; die Pflanzen und die Tiere, die Insekten und die Vögel, die Wolken und selbst die Steine: offener und freudiger schienen sie ihm jetzt, leuchtender die Farben und süßer alle Klänge.
Allein er war noch nicht erlöst, war noch einsam, schmerzvoll, losgelöst vom Ganzen, jedoch war es nunmehr leichter zu ertragen.

So erspähte ihn eines Tages ein Paar scharfer, alter Augen. Ein Adler erhob sich und flog nach Otram Gibur, dem Wohnort von Amatreeya der Weisen... Drei Frauen lebten dort auf dem Berg. Ihr Volk unten im Tal teilte die Nahrung mit ihnen und suchte sie bei Krankheitsfällen auf, denn sie galten als große Heilerinnen. Auch sprachen sie Rat und Recht und leiteten die Zeremonien des Jahreskreises.

FRed 81

Fred
81

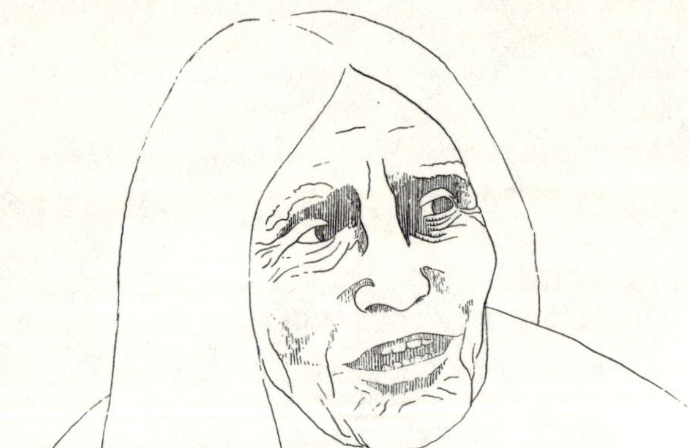

Gondariel und Ziuna erschraken nicht, als der Adler sich bei ihnen niederließ. Sie kannten dieses Wesen gut...
"Er ist im Kommen." sagte Amatreeya.

Amatreega's Samen
FRed 81

Das einzige, was ich dich wirklich lehren will, ist, daß du lernen mußt.
Nicht von mir, sondern von deinem Schicksal, vom Universum, einfach von Allem. Jedes Ereignis ist eine Pforte der Einweihung.
Du mußt lernen, um dein Bewußtsein wachsen zu lassen. Du mußt dein Bewußtsein wachsen lassen, um die Verantwortung für deine Taten übernehmen zu können. Denn du existierst auch auf Realitätsebenen, von denen du nicht zu träumen wagst.
Die Evolution dieses Planeten ist die Evolution des Bewußtseins. Das Bewußtsein hat sich durch die drei Königreiche der Natur, dem Mineral-, dem Pflanzen- und dem Tierreich, zum Menschen hin entwickelt. Der Mensch ist das erste Wesen, das von den verdichtetsten Schwingungsbereichen der Materie bis hinauf zu den höchsten Schwingungsgefilden des unendlichen Geistes sämtliche Ebenen in sich vereint. Doch er ist noch nicht vollkommen. Seine Wahrnehmung klebt noch an einem sehr niederen Frequenzbereich. Sein jetziges Bewußtsein umfaßt erst einen sehr winzigen Teil dessen, wozu es fähig wäre.
Wir haben zu wachsen.

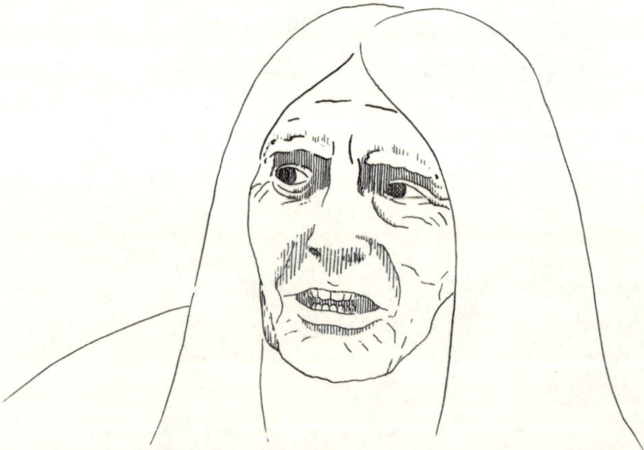

Du haftest an der Materie, weil du an deinen Sinnen haftest. Dadurch nimmst du deinen physischen Körper nicht mehr zur Kenntnis. Werde dir bewußt, welche Prozesse sich in ihm abspielen und welches Verhältnis ihr zueinander habt. Schon bald wirst du wunderbarer Dinge gewahr und dankbar diesen Diener benutzen, der dir gegeben ist.

In beziehung treten zur physischen Realität

unsere Leiber sitzen auf der Erde, die sie an sich zieht
verdauen Nahrung, die Sie uns gab
unsere Körper sind warm sind entspannt
die haut fühlt Wind und Sonne
Ohren hören unsere Stimmen, das Gras wachsen und die Wolken ziehen
unsere Augen blicken in die tiefen Brunnen unserer Augen
unsere Nasen, Lungen, Zellen atmen...
Wir haben uns für diese Schwingungsebene entschieden.

In beziehung treten zur ätherischen Realität

Wir haben Kraft, unsere Glieder zu führen. Vermittler, die diese Kraft an unseren Willen binden. Wunderbare Vitalenergien, die die Funktionen der Selbsterhaltung unseres physischen Leibes erhalten. Kraft des Atems. Wir haben uns dies ausgesucht.

In beziehung treten zur astralen Realität

Empfindungen in unserer Seele, ausgelöst durch alles und jegliches... Gefühle, die all diesen Phänomenen gegenüberstehen (urteilsschwanger, moralisierend)... Bewußtsein, all dies zu erleben...

In beziehung treten zur mentalen Realität

... Kraft der Erinnerung
... hohes Bewußtsein
... Ruhe im Mittelpunkt
erhabene Ruhe
.... unbekümmertes
Sich-selbst-sein
.... Urvertrauen
..... Liebe.

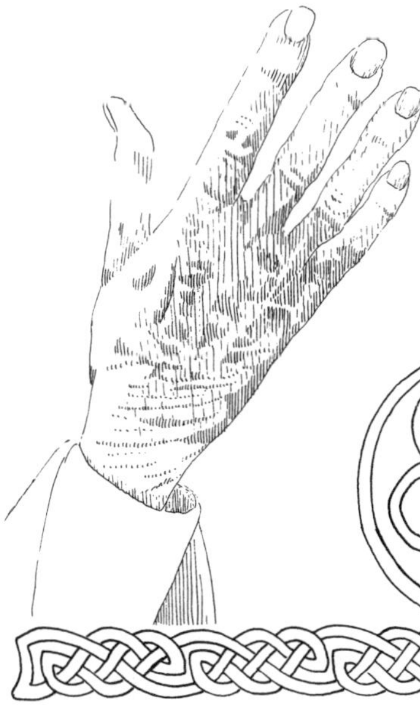

FRed 81

Spiele die Spiele
singe die Lieder
tanze den Tanz
lache das Lachen
atme die Energie
spreche die Inhalte
mache die Bewegungen
tue die Dinge,
die dich darstellen,
die wirklich du sind.
empfinde die Wahrheit aus deinem Innern,
die Wahrheit, die
du bist.

Sie kommt aus deinem
Herzen. Hier ist der Ort, an dem
eine Flamme brennt. Der göttliche Funken,
der ein Licht ausstrahlt,
das ein Lied tiefer Freude ist.

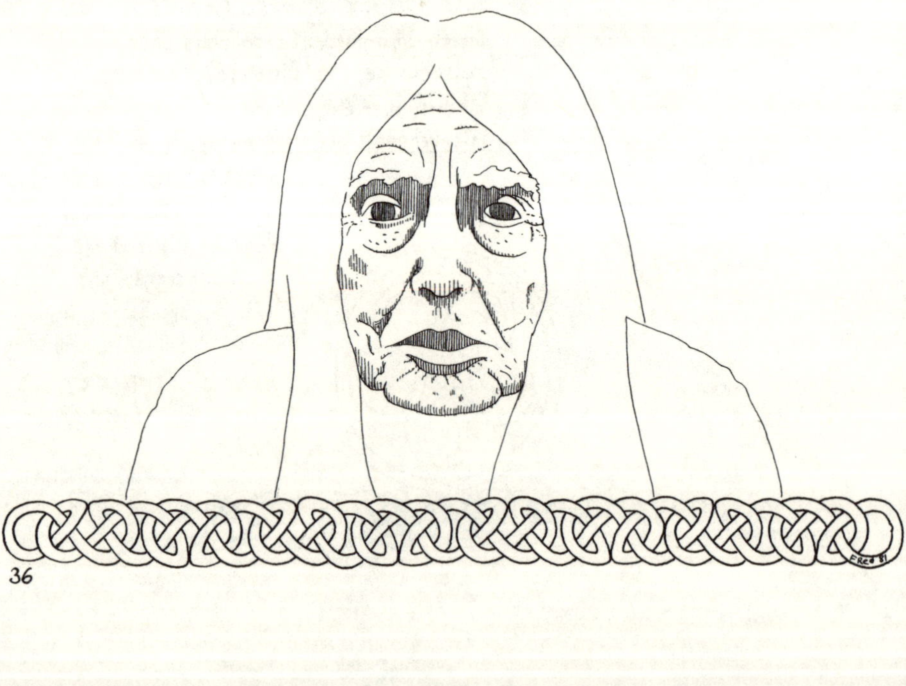

Finde diesen Ort, an dem die schöpferischen Lösungen für deine Probleme ruhen. Finde diesen Ort, der das Tor ist zwischen den Dimensionen,
das Tor, wohindurch dasjenige in diese Welt einfließt, was dir Anlaß gibt und Antrieb und Motivation.
Finde diesen Ort, der dein Wahres, Lichtvolles Selbst ist.
Werde dieser Ort, die Wahrheit, die du bist.
Lebe und heilige dein Leben,
vollführe den Willen, der durch dich wirkt
(es gibt keine Ausrede davor, denn nichts und niemand hindert dich daran, außer deiner Angst.) Kämpfe gegen die (scheinbaren) Feinde des Lebens, Krankheit, Unwahrhaftigkeit und Selbstsucht,
indem du deine kleine, makelvolle Persönlichkeit aufgibst,
um sie auf höherer Ebene wiederzugewinnen, als individuelle, einzigartige Manifestation des lebendigen Wesens Grenzenlose Wahrheit und Liebe.
Du mußt alles verlieren, um alles zu bekommen. Werde Wahrheit. Du bist schon grenzenlos; erkenne es. Die Welt ist nicht größer als du. Sie enthält nichts, das nicht schon Teil von dir ist.

Spiele <u>die</u> Spiele
singe <u>die</u> Lieder
tanze <u>den</u> Tanz
lache <u>das</u> Lachen
atme <u>die</u> Energie
spreche <u>die</u> Inhalte
mache <u>die</u> Bewegungen
tue <u>die</u> Dinge,
die <u>dich</u> darstellen
die <u>du</u> sind,
die <u>wirklich du</u> sind.

Dabei mag es dir helfen, von dem Gesetz des Karma zu wissen; es bewußt zu erleben. Es zu durchdringen, daß dein Leben ein notwendiger Reinigungsprozeß ist. Du hattest Wünsche, hattest Begierden; sie haben dich in den Schwingungsraum der Materie und des irdischen Lebens herabgezogen. Und nun hast du Gelegenheit, sie auszuleben bis du über sie hinweg bist. Doch gewöhnlich sammelt sich dabei Neues an, das uns wieder und wieder und wieder und wieder zurückholt in neue Erdenleben....

FRed 81

Wir suchen es uns dann aus, auf was für ein Leben wir uns da einlassen. Vor der Geburt wissen wir, für welche Eltern, Umgebung, Erfahrungen, Leiden und welchen Tod wir uns da entscheiden. Wir tauchen dann unter und der Schleier senkt sich.... Aber es ist *das*, *genau das*, was wir brauchen. Es ist schön. Es ist gut.

Viele Menschen leugnen dies, denn sie könnten die tiefe Verantwortung, die diese Erkenntnis nach sich zieht, nicht oder nur schwer ertragen. Tatsächlich ist es leichter, auf Gott und die Welt zu fluchen, als die Verantwortung bei sich selbst zu suchen.

Aber bedenke: wenn du hungrig bist, siehst du nur Essen; wenn du lüstern bist, nur Körper; Dinge, die du gesättigt wenig bemerken würdest. Deine Begierden beeinflussen deine Wahrnehmung. *Deine Begierden erschaffen dein Universum.*

Deshalb sage ich dir: Erkenne deine Wünsche. Unterdrücke sie nicht, denn dann arbeiten sie im Unterbewußtsein weiter. Erkenne sie! Du kannst sie durchaus ausleben, aber bewußt. Werde dir *rechtzeitig* klar darüber, woher sie kommen und wohin sie dich führen wollen. Und denke daran: du brauchst dich nicht mit ihnen identifizieren; weise sie von dir, wenn du sie nicht magst. Gedanken, die dich quälen, werden schon von allein wegbleiben, wenn du ihnen nur oft genug sagst, daß du eine Zusammenarbeit mit ihnen als entbehrlich ansiehst. Werde dir klar darüber, welchem Gott dein Tempel dienen soll.

Diene der Wahrheit und nicht dir. Sobald du anfängst, Vorteile für dich zu suchen, siehst du nur noch einen Teil der Wirklichkeit; irgendetwas erscheint dir dann wichtiger als irgendetwas, und irgendetwas willst du überhaupt nicht akzeptieren.

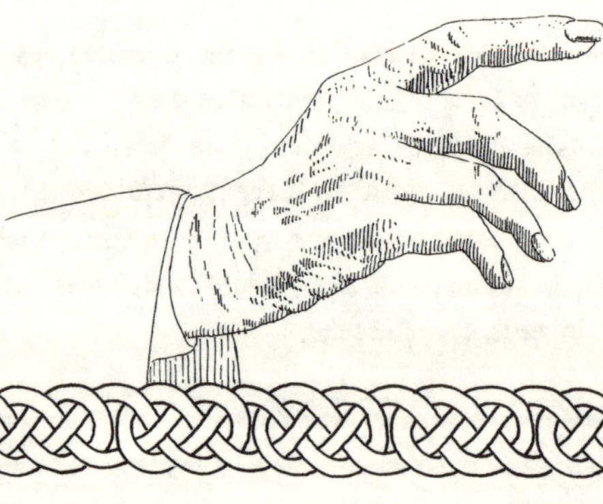

FRed 81

In dem Maße, wie du dich freier von Wünschen für deine eigene kleine Abgetrenntheit machst, wird deine Wahrnehmung der Wahrheit wachsen.

Du wirst erkennen, daß alles, was zu dir kommt, ob 'gut' oder 'schlecht', dir etwas zeigt, dich etwas lehren will.

In dem Maße, wie deine Angst um Körper und Ego sich verliert, wird dein Vertrauen ins Leben wachsen.

Was soll dir schon passieren? Es treten dir ja nur deine einstigen Begierden gegenüber.

In dem Maße, wie du nicht mehr soviel an deine eigene kleine Persönlichkeit denken mußt, kannst du offener sein für andere und freier, dich in andere Lebensformen hineinzuversetzen - mitzufühlen.

Das nennt man Liebe, und dieser wunderschöne Weg ist tatsächlich fähig, dich durch die Mauern und Ketten der Vereinsamung wieder hinaus zum Licht zu führen.

Wenn keine Belange des Ego dem Reinen Licht der Wahrheit, das aus dem Mittelpunkt scheint, mehr im Wege stehen, es trüben, sind wir Reine Werkzeuge des Einen Willens des Einen Lebens das hinter allen von uns sich befindet.

Als Mutter Erde den Menschen gebar, kam ein Wesen in die Welt, daß nicht mehr weiterhin unbewußt gelenkt werden sollte vom Großen Plan, sondern das *erkennen* soll die waltenden, göttlichen Kräfte, *wissen* um die Struktur der Welt. Einen eigenen Willen haben, *selbst* entscheiden, Diener zu sein für das Große Leben. Der Preis für diese Freiheit ist nicht gering: Selbstsucht und Unwahrhaftigkeit sind die Gefahren, die das Ich-Bewußtsein überstehen muß, um daraus geläutert und gestärkt hervorzugehen.

Die Mission des Menschen ist es jetzt, die drei Fähigkeiten *Denken* (nicht wir denken, 'es' denkt in uns), *Fühlen* und *Handeln* durch *bewußte Arbeit des Ich* miteinander ins Gleichgewicht zu bringen. Durch diese Harmonisierung entsteht etwas völlig Neues: die Liebe. Nur durch rechtes Zusammenwirken von denken, Fühlen & handeln können wir in uns den Ort erreichen, der Liebe ist; *Wo wir Liebe sind*. Die Verschmelzung von Bewußtsein und Liebe. In dem Fluß der Evolution dieses Planeten ist das ein gewaltiger Schritt nach vorn....

Weißt du, Cerric, wenn annähernd zwei Jahrtausende über uns vergangen sind, am Ende des Fische-Zeitalters, werden hier riesige Ungeheuer hocken, die lärmen und stinken, für alle Sinne etwas Beleidigendes haben, und sie werden Massen von einsamen Menschen fressen, allmorgendlich, um sie abends, ausgelaugt, wieder auszuspucken. Von unserem Volk aus betrachtet macht die römische Zivilisation ja erst den Anfang in dieser Sache. Die Kinder der Menschen werden in große Häuser gesperrt, und bis zur Verzweiflung der Kleinen werden ihre Köpfe vollgestopft, fern vom Licht des Tages. Und niemand fragt mehr nach dem Herzen. Der Geist der Dankbarkeit wird in jener Zeit besiegt sein vom Dämon des Verlangens. Die Mutter der Dankbarkeit schenkt dem, der sich mit ihr vereint, Zufriedenheit und Freude. Doch der Dämon der Sucht hat nur Schmerz und Angst zu geben, was er auch mit vollen Händen tut. So werden die Menschen verblendet und ohne inneren Mittelpunkt über die Erde irren. In ihrem Wahn werden sie sehr viel Leid schaffen. Doch Leid ist das Feuer karmischer Reinigung. Der Mensch wird seine Augen verschließen vor der Ursache des Leides, das er sich selbst erschuf. Das Ego erlag den Verlockungen. Der Mensch wird nunmal an seinen schwachen Stellen angegriffen, denn diese Punkte sind es, die erstarken müssen und vollkommen werden.

Da wird eine sehr grausame Brut erwachen in der Endzeit. Denn die Menschheit wird dort an einer großen Wende stehen und alles verborgene Übel wird noch einmal aus seinen Verstecken hervorbrechen. Von den Nazgûl spreche ich jetzt; unsichtbare Schattengeister sind sie, die sich auf dein Gemüt legen. Sie rauben dir als erstes die Konzentrationskraft und jegliche Motivation, denn sie bauen einen stählernen Kasten um deine Innere Sonne, so daß du plötzlich völlig in der Finsternis sitzt. Allein bist du dann, ein Schmerz quält deine Seele; ein Schmerz, der ständig auf der Grenze zur Unerträglichkeit tänzelt – spöttisch. Du wirst zunehmend willenloser. Furchtbare Zweifel zerstechen dich. du hast alles, was du liebst, verloren, verlierst es ständig aufs Neue (denkst du). Fortwährend füllt das widerliche, provozierende Grinsen der Nazgûl dein Blickfeld aus, doch du weißt es nicht und meinst, alle Wesen und selbst Gegenstände (!) verspotten dich. So schaffen es die Nazgûl, daß du selbst die tröstenden Worte deiner treuen Freunde als Hohn empfindest und letzteren gegenüber sogar aggressiv wirst. Mehr und mehr verstrickst du dich in <u>die</u> Realität, die sie dir überstreifen. Manchmal gönnen sie dir noch einen Augenblick der Hoffnung, nur um sie dann im nächsten Moment eiskalt hämisch grinsend zu zerstören. Du siehst deine Hilflosigkeit, die Macht der Nazgûl (die du für die Grausamkeit Gottes hältst), deine Angst, die dich verzehrt und ihnen Kraft gibt...

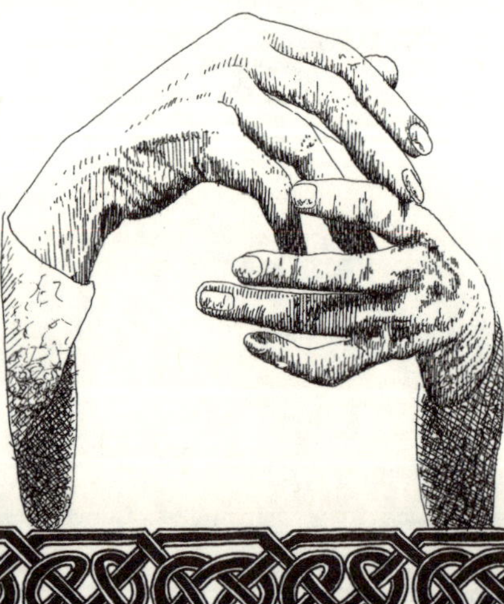

FRed 81

Und wenn sie dich weit genug haben, führen sie ihr willenloses Opfer ganz geschickt in die offenen Arme eines Wesens, das dir endlich Erleichterung von den Qualen verschafft: der Hass! Er möchte dann dein neuer Gebieter werden.
Wehe den Menschen, die dieses erleben.
Doch es bedeutet nicht mehr Gefahr als auch Möglichkeit, es für die eigentlichen Ziele einzusetzen. Ein gezielter Pfeil unseres Willens, ein Lichtstrahl der Liebe, wandelt diese Kreaturen um. In seinem eigenen Busen muß jeder Mensch die Mächte der Finsternis transformieren in Kräfte des Lichts. Denn so böse sie uns scheinen mögen, auch sie erfüllen nur ihren Weg, ihre Aufgabe innerhalb des Großen Spiels. Ihre Attacke <u>zwingt</u> den Betroffenen einfach, sich auf den Weg mit Herz zu begeben, wenn er nicht zugrunde gehen will. So sind unsere Feinde auch unsere Lehrer, denn sie wecken uns für Stufen auf, auf denen wir uns noch nicht befanden. Jede Existenz hat ihren Sinn und jedes Ereignis in unserem Leben ist eine Pforte der Einweihung.

Wir, Cerric, befinden uns am Anfang jener Entwicklungsphase, die den Menschen dort verlassen wird, wo er vor der Selbstzerstörung steht. Doch da wird auch die Zeit gekommen sein, wo andere astrale Einflüsse die Erde umhüllen werden:

FRed 81

FRed 81
LOHNERHÖHUNG
PREISERHÖHUNG
"KOMMUNIKATION"
TOD

Der Gedanke ist mächtig. Deine Gedanken können deinen Körper krankmachen oder heilen, Pflanzenwachstum beeinflußen oder einen Hund zum Knurren bringen. Wilde Tiere spüren die Art deiner Gedanken.
Nun, die gierigen, zerstörerischen, negativen Gedankenenergien haben ein unguttes Netz um die Erde gesponnen, das wohl noch nie so stark war wie jetzt. Der Bestand der Welt ruhte auf dem Ausgleich durch die Gedanken der Liebe und aller positiven Gedankenformen. Diese Waage ist nun am Schwanken. Die Erdmutter braucht uns! JETZT! Nicht morgen. JETZT!
Die Verblendeten dürfen uns nicht dazu bringen, ihre negativen Gedankenformen anzunehmen. Auf keinen Fall dürfen wir es zulassen, daß unser inneres Gleichgewicht zerstört wird, die heitere Ruhe, aus der heraus wir fähig sind, zu lieben. Sobald sie es vollbracht haben, daß wir sie hassen, kämpfen wir schon auf ihrer Seite. Denn zerstörerische Wünsche unsererseits, die uns vorgaukeln wollen, dem Wohle der Erde und Ihrer Kinder zugute zu kommen, fügen sich wahrhaftig nur ein in die große, gefährliche Wolke von Vernichtungsgelüsten, die die Erde momentan noch einhüllt und die Sonne verdunkelt. Natürliche Empfindungen, wie Abscheu, zu unterdrücken wäre sehr verkehrt, aber wir dürfen uns nicht in maßlosen Ärger oder Verzweiflung gehen lassen. Sich damit zu schwächen hat wirklich keinen Sinn. Die Dinge, die wir nicht ändern können, können wir nun einmal nicht ändern. Wir brauchen unseren Mut und unsere Kraft für das, was wir ändern können. Es ist gut, wenn dabei jeder auf der Ebene beginnt, zu der er sich besonders eignet, einfach auf den Ebenen, die ihn rufen. Denn dann stehen sich der Prozeß der Selbstwerdung und der gemeinsame Kampf für die Neue Welt nicht im Wege, sondern ergänzen sich noch. Heere von Uniformen gegen eine Menge von Individualitäten. Das Leben ist nun einmal vielfältig und nicht uniform. Vielfalt gegen Einfalt. Auf unserer Seite ist die Wahrheit. Was ist stärker als Sie? Das Leben wird siegen. Das Leben ist ewig.

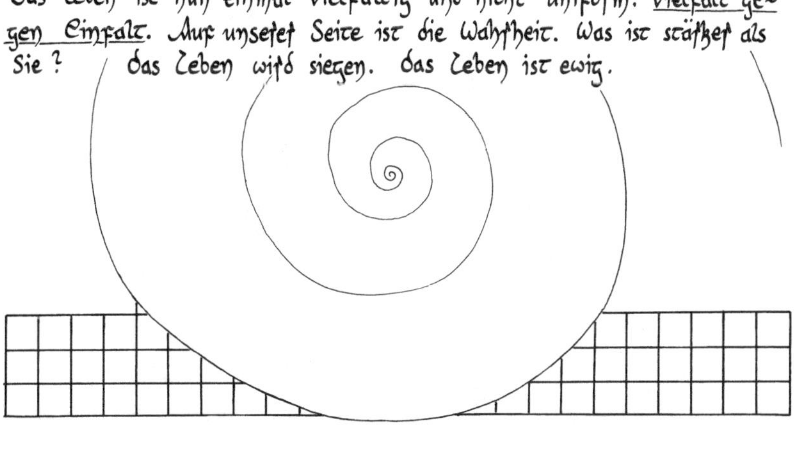

Hohe Wahrheit blaue Wahrheit Wolkenwirklichkeit. Tiefe Wahrheit fruchtbare Wahrheit tragende Wahrheit. Wirklichkeit grüner Horizonte Wirklichkeit roter Sonnen in goldenen Lüften über purpur schimmernden Landen. Im Grase knie' ich nieder vor einer kleinen weißen Blume. Sie sagt mir:

da war Erde
dunkel und schwer
da ist Erde
wir riechen
da war Wasser
fließend und frei
da ist Wasser
wir fühlen
da war Luft
frisch und sanft
da ist Luft
wir hören
da kam Licht
silber und golden
da ist Licht
wir sehen
da ist eine Welt
Wahrheit und Liebe
ist eine Welt
wir sind.

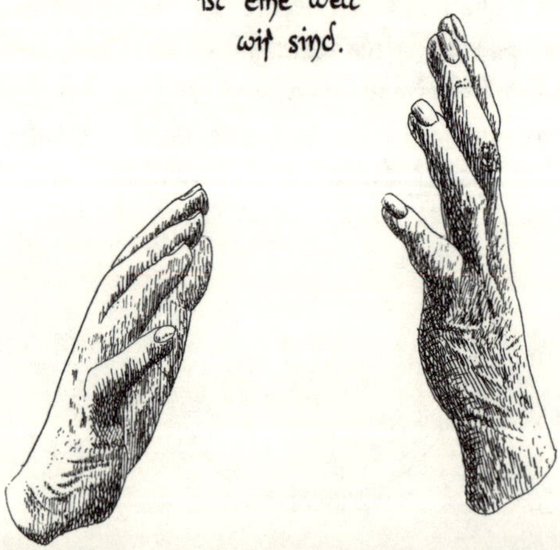

Ich kann meine Augen verlieren, und dennoch weiterleben.
Ich kann meine Hände verlieren, und dennoch weiterleben.
Ich kann meine Beine verlieren, und dennoch weiterleben.
Ich kann Ohren, Nase, Zähne, Haare verlieren, und dennoch weiterleben.

Aber wenn ich die Erde verliere, sterbe ich.
Wenn ich das Wasser verliere, sterbe ich.
Wenn ich die Luft verliere, sterbe ich.
Wenn ich die Sonne verliere, sterbe ich.
Wenn ich die Pflanzen, Tiere, Sterne verliere, sterbe ich.

Was ist mein wahrer Körper?

Ehre den Schlaf. Gedenke seiner heilenden Wirkung.

Achte und liebe ihn, wenn du dich niederlegst, um hingebungsvoll auf seine Umarmung zu warten. Der Engel des Schlafs ist es, der dich wieder aufbaut.

Sanft und weich hüllt er dich ein und trägt dich davon; du entgleitest den Sorgen, den Schmerzen; der Moment fliegt in die Ewigkeit und alles ist gut ...

Das Erwachen (die Neuschöpfung der Welt)

Aus dem Dunkel taucht eine Melodie auf
leise klingt sie aus der Ferne   sie ist schön
sie singt von Galaxien, von schier endlosen Räumen
von Sonnen und Planeten, von Äonen und Ionen,
von kreisenden Tänzen.
Von einer gelbgoldenen Sonne
einer blauen Perle und einem silberweißen Mond.
Wolken bewegung Luft   Wasser Erfrischung Leben
Erde Grund Kraft   Feuer Wärme Licht
blätter Wurzeln blumengärten   Vögel Tiere Traumgefährten.
Stille im Nebel   Flüsternder Dunst   Tau, der singt
Donnernd geht die Sonne auf
Ich lebe   ich lebe
Menschengemeinschaften   singen arbeiten tanzen
bewegte Hände tun ihr Werk
wie Schnäbel, Tatzen, Mäuler, Zangen, blätter, Tropfen, Flammen, Wirbel, Planeten ihr Werk tun;
die Welt dreht sich, alles bewegt sich.
Ich atme die gleiche Luft, die der Wind bewegt.
Nun öffne ich meine Augen dem blauen Himmel entgegen
Wolken und Vögel.
Mein blut fließt wie die Flüsse.
Ob sie fern sind oder nah, ich bin von bäumen umgeben.
Von der Kraft der Erde ist mein Leib genährt
Wärme der Sonne habe ich in mir
und Kraft, meine Glieder zu führen
ich bin erwacht.

5. Wurzel

die Nacht

Verehrung der Schönen Göttin)

Viele Monde war Cerric auf Ortam Gibur, lebte und arbeitete mit den Frauen und lernte viel von Amarteeya. Zunehmend ins Gleichgewicht kam er, denn neben dem geradlinigen, männlichen Denken des zerlegenden Verstandes begann nun das spiralende, runde, weibliche Denken sich zu entfalten, das nach Gemeinsamkeiten, Verwandschaft und Analogien sucht und nicht nach Unterschieden. ☯. Und er übte sich darin, seine Sinne und sein Herz zu öffnen, um die Wahrheit die ihn umgab, wahrnehmen, in sich aufnehmen zu können. So entdeckte er viele Wunder die er noch nie gesehen, obwohl sie doch schon immer dagewesen.

Und eines Tages schickte ihn Amarteeya fort. Sie sagte, er habe nun genug *Verständnis* gewonnen über den Weltgeist und die Ebenen seiner Realität. Nun müsse er *erleben*. "Denn Wissen, das wir nur im Kopf haben, bleibt immer nur ein *Glaube*, der von der Kraft des Lebens leicht mit einem widersprechenden Erlebnis erschüttert und hinfortgeweht werden kann. Erst wenn ein tiefes, seelisches *Erleben* mit dem intellektuell Gelernten einhergeht, wird daraus wirklich *unsere* Erfahrung. Alles andere ist Imitation. Kopf und Herz müssen harmonisch zusammenarbeiten, keines darf das Andere unterdrücken."

Cerric war nun auf dem Weg zum Hünentanz, dem Guten Ring, der Pforte. Wieder allein war er, aber keineswegs einsam.

Er hörte dem Winde zu
und er erkannte…
und er bat den Wind,
ihn von seiner Taubheit und Blindheit
zu befreien,
und der Wind nahm sie mit sich.

Und er hörte dem Regen zu
und er erkannte…
und er bat den Regen,
ihn von seinen Unreinheiten
zu befreien,
und der heilige Regen wusch ihn.

FRed 82
Offenheit.
Lieder von Wind und Regen

"durun du dudwi durun dubub du-i durundubdu ~ idubub du ..."

(leichter Regen in einer Kastanie)

FRed 82

"weidarandurabdaba huiharandab~dinarda heydababgandibaya guchupdabada ..."
(leichter Regen in einer buche)

"dalida dub darida galichandabdadida galidadib dabida dalapdan ..."

(leichter Regen in einem Ahorn)

FRed 82

"leyyyyylaleilalila leyyyyhaleililandaheya liiiiiilaaaaley ..."

(brise in der birke)

"houou houwow hollommhou hommmm hommmouhou
hollomhou hollououou hommlomm ..."

(Wind im Holunder)

„ myriaaaa heyyada mygwestidariaaa
seyajaaa myriaaa gweth didaria diasem
haria haria myria gwestidaria
haria haria myria gwestithiumm ...“

(Wind & Regen in der Esche)

Der AllEwige Kreis des Lebens

All die Jahre hatten die tuath da Rhiannon Cerric, ihren Sohn, nicht vergessen. Von Zeit zu Zeit empfingen Einzelne hellsichtige Träume, so daß es immer über alle Zweifel erhaben blieb, daß Cerric noch lebte, zwar litt, aber doch seinen Schicksalsweg erfüllte; genau das erlebte, was zu dieser Zeit das Beste für diese alte Seele war. So fuhren sie stets fort, ihn in ihre Gebete einzuschließen. Oft sandten sie gute Wünsche, Gedankenenergie, aus für ihn. Vielleicht waren es auch diese Wünsche, die ihm halfen, Athumb Gador, dem Singenden Baume, zu begegnen; jenes Ereignis, das seiner damaligen Suche eine erste Richtung schenkte.

Dutzend Fußpaare schritten bedächtig über die Salisbury Plains, die Ebenen, die den Hünentanz umgeben. Die tuath da Rhiannon, Greise wie Kinder, näherten sich von Osten der Stätte. Es war der Abend vor dem Mittsommertag, dem längsten des Jahres. Das Licht der untergehenden Sonne malte

viele Formen nackter Menschenfüße auf die wilden Wiesen. Sie, die Geberin des Lichts, zu ehren, waren die Kinder Rhiannon's unterwegs. Es war wie ein Geist, der in der Gruppe lebte, und leise Gesänge des Dankes strömten von ihm aus, ergossen sich über die Ebenen, verschmolzen mit dem Licht der Sonne, verhallten lautlos, aber nicht ungehört, in den Weiten des endlosen Raumes...

Jedes einzelne Bewußtsein, das an diesem Gruppengeist teilhatte, erblickte da plötzlich ein Bild vor dem geistigen Auge: Cerric sahen sie, in der Mitte des Steinkreises knien. Sein Kopf war nach hinten geneigt, so daß seine Augen über den hohen Altarstein in die Ferne des Himmels blickten. Nasse Spuren liefen ihm über Brust und Wangen. Eine kleine, orange-goldene Sonne befand sich in jedem der vielen Tropfen, die über seine Haut zur Erde rollten. Doch keine Trauer umgab ihn. Es war eher so, als ob er garnicht anwesend sei hinter seinen Augen...

Kurz nur war das Bild, doch Jenen, die Cerric am meisten liebten, wurde eine Ahnung zur Gewißheit...

23 Schritte maß der Schatten eines Menschen, ein langer, dunkler Pfeil, dessen Spitze den Rand des unvergänglichen Kreises berührte. Cerric stand still. Seine Rückseite empfing die letzte Wärme der Sonne. Seine Augen blickten zu den Füßen hinab, folgten dem Schatten, bis sein Blick auf dem Hünentanz zur Ruhe kam. Leicht und ruhig ging sein Atem, und gleichzeitig tief. Sehr tief, drang spürbar bis in jede Zelle seines Körpers. Und drang spürbar bis in jeden Ort seiner Seele, seines gesamten Wesens. Nichts war mehr dort, das dem gesegneten Odem des Lebens Widerstand leistete. Nichts war mehr dort, das der Atem reinigen mußte. Ungehindert pulsierte er überall. Frei, fließend, heiter.

Cerric setzte seinen Körper in Bewegung. Die Spitze des Schattens schob sich in das Geweihte Rund. Während er sich näherte, tauchte seine Vergangenheit vor ihm auf. Orte, Situationen, der ganze Fluß seiner Entwicklung: der leicht und fröhlich talwärts plätschernde Bach der Kindheit, der junge Fluß, wild und kühn, Stromschnellen der Begeisterung, Leidenschaften, Wasserfallekstasen, aber auch Ausweglosigkeiten, Stauseen, zähe Felsen, bis endlich ein Weg gewaschen ist, unbeirrbare Beharrlichkeit – führt zu Wachstum, vereinigen uns mit Erfahrungen, die die Zeit uns bringt, wachsen zum ehrwürdigen, breiten Strom heran, der rasch und doch in einer gleichmäßigen Ruhe dahinfließt, mit einem rauschenden Lied, das uns an die Ewigkeit gemahnt....
Mit dem letzten Schritt sah Cerric den Ozean am Horizont auftauchen.

Terric betrat den Kreis. In diesem Moment sank eine Erkenntnis in sein Bewußtsein. Plötzlich sah, hörte, fühlte, roch & schmeckte er mit jeder Faser seines Seins die Gnade seines Schicksalsweges. Die Schönen Jahre, die bitteren, die Grausamkeit der Unterdrückung, der Einsamkeit, der Suche, dann das Finden, die Lehrjahre, alles alles war Teil eines gewaltigen Mandalas, eines wunderbaren Bildes, durch das sich das Ewige Gesetz offenbart. Er erkannte, daß er sich sein Leiden selbst erschaffen hatte, durch vorhergegangene Taten, die Leid und Freude und alle "Zufälle" einfach als Folgewirkung heraufbeschworen hatten. Er erkannte, daß alles ihm Widerfahrene Geschenk war, Hilfe, ihn zu heilen, ihn zurückzuführen zum Einklang, zum Ein-Klang, zur Einheit, ॐ, ⊙.

Viele Wünsche erfüllen sich erst, wenn wir über sie hinausgewachsen sind. Sein Weg war der Weg der Hingabe. Viele Leiden lassen erst von uns ab, wenn wir bereit geworden sind, sie anzunehmen. Sein Weg war der Weg der Hingabe. Er stellte nicht mehr in Frage, verurteilte nicht mehr. Er nahm nur alles, was kam. Er nahm es einfach. Machte aus Allem ein Stück des Weges der bewußtwerdung, der Selbstwerdung. Er hatte den Ort in sich gefunden, der auf alles und Jegliches mit reiner, klarer, starker Liebe antworten konnte. Cerric erkannte, daß Liebe die Kraft ist, die das Universum zusammenhält. Allumfassende Liebe ist die stärkste Macht im Kosmos.

Er erkannte das nicht etwa in seinem Kopf, im verstandesmäßigen Denken, nein, er erkannte sein eigenstes, Innerstes Selbst als eins mit diesem Wesen. Er wurde diese Liebe. Dies war der Moment, indem sein Wesen sich zu verströmen begann, aus dem Körper austrat, sich mit der Luft und den Steinen und dem Erdboden vereinte.

Doch ein kleiner Rest des Verstandes war noch in ihr
jenes Verstandes, der dem Menschen gegeben war, ihm
als Unterscheidende Bewußtheit zu dienen, ein Indivi-
duum durch das Große Spiel zu lenken, bis es wieder
in der Einheit verschmolz. Jenes Verstandes, der sich ü
ber entwickelte und ein Ego gebar. Der immerzu denk
"Ich bin ein Einzelnes", so laut, daß das Bewußtsein
das Gefühl nicht mehr hört, mit Allem eins zu sein
Jener Verstand, der Menschen dazu bringt, ständig um-
herzulaufen und Dinge zu tun, um sich selbst zu bestä
tigen. Er braucht etwas, mit dem er sich identifizie-
ren kann. Er möchte sagen: "Das....bin ich", hat Angst
davor, in die Leere-die-keine-ist zu fallen.

So hatte auch Cerric noch ein bischen von seinem
Weltbild, von dem Rahmen, mit dem er versuchte, d
Wahrheit einzusperren. Im Moment identifizierte er
sich nur noch mit dem Geheiligten Ort und seiner
Endlosen Liebe. Doch er erkannte, daß er auch dieses
loslassen mußte. Und seine Liebe war stärker als die
Identifikation mit ihr. In größter Todesangst bäumte
sich der Verstand noch einmal auf, als Cerric sich in un
bezwingbarem Urvertrauen hingab und losließ. Er ließ lo
ließ alles hinter sich, sprang in den nächsten Momen
...

es gibt nur zwei Möglichkeiten:
anzuhalten,
und sich mit einer bestimmten Form
zu identifizieren,
oder
frei
durch alles hindurchzufließen.

der kosmische Ozean des Lebens
ist die Urenergie
die in Allem schwingt
Alles belebt
Alles in jedem Augenblick neu erschafft.
Allmutter
weiser Vater
allmächtig,
sich in endloser Vielfalt von Formen
selbst begegnend.
Ewiglich
ohne Stillstand
in stetigem Wandel

Es existierte kein Cerric mehr.

Er hatte sich dem Einen Leben geopfert, nichts mehr für sich behalten wollen, alles gegeben. So hatte seine Liebe zum Leben, zum Weltgeist, ihn mit dem Geliebten vereint. Es gab keinen Liebenden und keinen Geliebten mehr. Es gab nur noch eins. Es gab nur noch Wahrheit. Cerric war diese Wahrheit, aber er wußte es nicht. Denn da war niemand mehr, der wissen konnte.

Es war nur noch reines Sein. Lichttanz außerhalb des Rades der Zeit. Alles enthaltende Fülle. Die absolute Glückseligkeit, die dich ergreift, wenn du dich dem Sein näherst, wird dich verschlungen haben, ehe du ankommst. Du kannst diese Energie nicht bekommen, du kannst sie nur werden.

Die allwissende Weisheit, die auch in Cerric's lebloser Hülle sich befand, wollte nicht, daß dieser Leib in den nächsten Tagen zerfällt, da nun kein bestimmter Wille, kein Antrieb ihn mehr nährte. Es beschloß das Allumfassende Bewußtsein, diese Ausdrucksform wieder mit Sinn zu füllen. Und siehe! da ward ein neues Wesen geboren das voll von Liebe zu seinen Schwestern und Brüdern ging, um ihnen vom Lichte der Schöpfung zu künden, das klar und strahlend scheint hinter den Schleiern der Illusion. Ein Sohn der Wahrheit, ein Kind des Lichts, Der Sohn der Kraft, die den Kosmos erschafft,

CERRIC mab KARDAC

ging seinem Volke entgegen, um es zu führen in den Frieden des Schattens des Baumes des Lebens, der da steht im Meer der Ewigkeit.

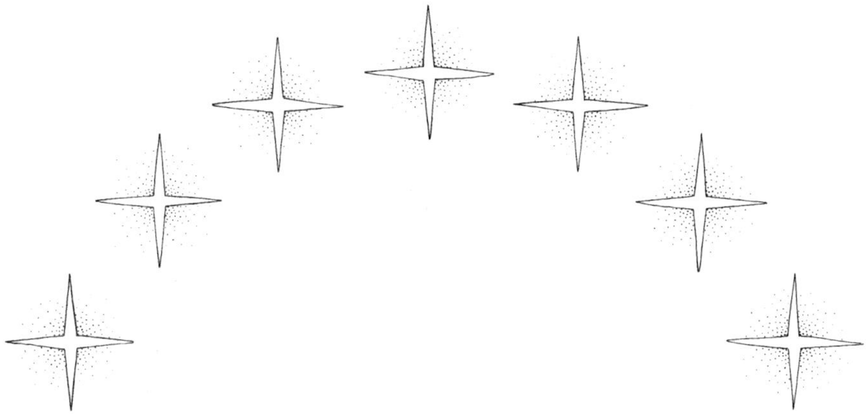

Ich bin
in Allem was lebt
Vergiß nicht,
daß in Allem was lebt
ich bin

Textteil

1. Wurzel

VERÄNDERUNG

Gegen Ende der Zeremonie ergriff Agran das Wort. Er war der letzte seines Geschlechts, der Großen Albiognati (die mit dem All Vertrauten), von dem man sagte, es stamme von den Göttern selbst ab. Seine klaren Augen starrten in Unsichtbares. »Eine Zeit sehe ich« begann er, »in der allzu vieles anders wird als wir es kennen, meine Freunde. Lang schon wußte ich darum und nun darf ich es euch nicht länger verschweigen. Mögen die Archai euch beistehen. Auch ich will mit euch kämpfen von der Anderswelt aus. Nicht lange mehr werde ich unter euch weilen. So komme denn was da kommen muß... «

Und kein Wort kam je mehr über Agrans Lippen. Der letzte Albiognati verließ diese Welt durch den Speer eines Dekurio. Doch einen letzten Blick schenkte er seinen Geliebten und der war mehr wert als Worte. Kraft drang aus diesen Augen und Weisheit legte sich in die Gemüter und ließ sie die verborgenen Gesetze des Schicksals erkennen. Macht war dieser Blick, der die Trauer und die Wut in den Seelen zu der Kraft umwandelte, nicht blind sondern demütig vor dem Leben zu kämpfen. Und Liebe war dieser Blick, der allen eine tiefe Ruhe schenkte, indem er ihnen eröffnete, daß nichts wirklich Böses ihnen zustoßen kann. Innere Gelassenheit, mild und golden, erfüllte ihre Tiefen; ein Lächeln, wissend und weit wie der blaue Himmel an einem Sommernachmittag. So verschied Agran und es entbrannte eine Schlacht, die hier nicht wiedergegeben werden soll. Die Geistverbündeten der Kelten waren mächtig und die Römer mußten sich schon bald wieder zurückziehen.
Nur des jungen Cerric Karma hatte ihn ausersehen, in die Hände der Invasoren zu geraten.
So begann seine Prüfung, Sklave zu sein für Rom...

Und es waren Jahre, die Cerric auf einer Galeere litt. Doch er wollte leben, um zurückkehren zu können zu der Gemeinschaft, aus der er gerissen wurde; die Familie, nach der er sich sehnte, seine Geborgenheit. Dort in der Fremde erlebte er Folgendes in seinem Innern:

»Ich bin Kainu-Schusch, Cerric, dein kleiner Drache.
Siehe die Abbilder deiner Geliebten in dir. Die Vorstellungen deiner Liebe, die du immer in dir trägst. Die dich glücklich und kräftig machen, die dich antreiben, wenn du ausgepeitscht und zerschunden am Boden liegst. Die deinen Lebenswillen tränken, wenn sie in dir tanzen. Groß sind sie und stark, doch ich fange zu knabbern an, kleine Löcher erst fresse ich, mein Bauch, der Vergessen heißt...«
»Nein«, schrie Cerric verzweifelt, »nein, nimm sie mir nicht! Nichts schmerzt so sehr, wie sie zu verlieren. Es schiene mir Verrat meiner Liebe, wenn ich sie dir überließe. Kämpfen will ich wider dich, du unseliges Geschöpf, eher noch verenden, als dir meine Lieben zu überlassen.«
»Und doch wirst du es tun« sagte der Drache. »Cerric, du weißt, ich bin nicht bösartig. Aber ich bin kein Wesen mit Gefühlen, wie du. Ich verstehe das nicht. Ich folge nur meiner Natur. So werden wir uns halt bekämpfen, aber du kannst nur verzögern, was unweigerlich geschehen wird. Verblassen werden die Nachbilder in dir, am Horizont sich verlieren, versinken in Nebel und Finsternis, bis schließlich nur noch eine abstrakte Idee an deinem Willen tätig sein wird. Eine Wahnidee, wie dir dann die Geister des Zweifels sagen werden. So beginne ich zu fressen, sobald du mir den Rücken zudrehst und verstehe nicht deinen Schmerz.«
Cerric fühlte sich furchtbar ohnmächtig (im wahrsten Sinne des Wortes). Quälend erfüllte ein unvorstellbarer Schmerz seinen brennenden Kosmos. Dies war der Moment seiner Vernichtung. Sein letztes Fünkchen Lebensgeist fragte mit gebrochener Stimme: »Warum bist du nur in mir, Kainu-Schusch? Wie sollten wir jemals in Harmonie zusammenkommen, wenn *das* dein Wirken ist?«
Und der Drache gab Antwort.
»Siehe, Cerric! Ich fresse das persönliche deiner Erinnerungen; nur die Gefühle, wogend, bleiben; aber die Zielrichtung verschwimmt. So kannst du nach der Überwindung der Zweifel dein Seelenleben transformieren zu wahrer Erkenntnis. Um aufzusteigen zu höheren Ebenen des Seins. Und anschließend deine persönlichen Bindungen wieder aufzunehmen, wenn du willst. Geläutert sind sie dann...«

2. Wurzel

SUCHE

Gesegnet war der Tag, der Cerric als freien Menschen in seine Heimat zurückführte.
Orte fand er wieder, die er einst als Kind erlebt und geliebt, und sie begrüßten ihn stumm. Manch alte Freunde sah er, oder deren Nachkommen. Oft sprach er mit Tränen in den Augen zu ihnen, denn diese kleinen Erlebnisse bebten mächtig in ihm, kraftvoll wie Blitz und Donner.
Einzig seine Menschenfreunde waren verschwunden. Fortgeweht. Spurlos. Kein Wesen wußte von ihrem Verbleib, das wollte der Zufall. So *fiel* Cerric die Entscheidung *zu*, sich auf eine Suche zu machen, die dem Verstande hoffnungslos dünkt.

Aber Cerric gehörte noch zu denjenigen des Menschengeschlechts, denen fortwährend eine Melodie im Herzen singt. Gewiß, sie war leiser geworden in den vergangenen Jahren, nach ersten Unterbrechungen zeitweilig sogar selten, doch nie versäumte sie es, sich in den Momenten der Verzweiflung und der völligen Aufgabe groß aufzubäumen, Cerric zu mahnen und ihn anzutreiben, weiter seinen Weg zu gehen. Und nun, in dem alten, geliebten Lande, wuchs sie sogar schon wieder, ja, machte schon erste Versuche, mit dem Lied des Umgebenden Universums erneut in Einklang zu kommen...

»Höre, Cerric! Athumb-Gador spricht zu dir. Du bist hier am Fuße der Cadair Idris, atlantische Mondpriesterin, die ein Berg wurde. Jana Ymmiriel, die Heitere, Königin der Quellen und meine Herrin, läßt dich zu sich rufen. Ihr treuer Wächter weist dir mit diesem Zweig den Weg.
Athumb-Gador hat gesprochen und singt nun weiter sein Lied im Winde!«

»Heil Dir, Cerric, Wanderer und Sucher! Jana Ymmiriel, die heitere Tochter Rhiannons steht vor dir. Die Königin der Fröhlich-Plätschernden erscheint dir jedoch nicht so, wie sie wirklich ist, denn deine Verfassung trübt das Bild.
Die blaue Perle Erde, Unsere Mutter, bat mich, ihr Blut, dir etwas zu sagen, Cerric! Dein irrender Schritt, mit schwankender Hoffnung und Schmerz

und Ärgernis, dein Schritt, der nicht wie einst voll Freude geht und um sie zu küssen, macht sie, die Alles-Miterleidende, traurig, sehr traurig. Darum sagt sie dir: ›Sei wohlgemut und wende deine Schritte nach Süden. Immer nach Süden. Es ist nicht mehr allzu weit. Danke dem Himmel und setzte deine Füße mit zärtlichen Gedanken auf die Alle-Ernährende!‹ Gehe deinen Weg, Cerric! Deine Heilung ist unsere Heilung; dein Wachstum ist unser Wachstum.«

3. Wurzel

EIN ZIEL

Und Cerric dankte ihr und folgte ihrem Rat, denn er fühlte sehr wohl, daß das Ereignis ihrer Begegnung eine große Gnade für ihn war.
Festen Schritts zog er weiter und wunderte sich nicht, als er bemerkte, wie das Leben um ihn sich verändert hatte, die Pflanzen und die Tiere, die Insekten und die Vögel, die Wolken und selbst die Steine: offener und freudiger schienen sie ihm jetzt, leuchtender die Farben und süßer alle Klänge. Allein, er war noch nicht erlöst, war noch einsam, schmerzvoll, losgelöst vom Ganzen, jedoch war es nunmehr leichter zu ertragen.

So erspähten ihn eines Tages ein Paar scharfer, alter Augen. Ein Adler erhob sich und flog nach Otram Gibur, dem Wohnort von Amatreeya, der Weisen... drei Frauen lebten dort auf dem Berg. Ihr Volk unten im Tal teilte die Nahrung mit ihnen und suchte sie bei Krankheitsfällen auf, denn sie galten als große Heilerinnen. Auch sprachen sie Rat und Recht und leiteten die Zeremonien des Jahreskreises.

Gondariel und Ziuna erschraken nicht, als der Adler sich bei ihnen niederließ. Sie kannten dieses Wesen gut.
»Er ist im Kommen«, sagte Amatreeya.

4. Wurzel

AMATREEYA'S SAMEN

»Das Einzige, was ich dich wirklich lehren will, ist, daß du lernen mußt. Nicht von mir, sondern von deinem Schicksal, vom Universum, einfach von Allem. *Jedes* Ereignis ist eine Pforte der Einweihung.
Du mußt lernen, um dein Bewußtsein wachsen zu lassen. Du mußt dein Bewußtsein wachsen lassen, um die Verantwortung für deine Taten übernehmen zu können. Denn du existierst auch auf Realitätsebenen, von denen du nicht zu träumen wagst.
Die Evolution dieses Planeten ist die Evolution des Bewußtseins. Das Bewußtsein hat sich durch die drei Königreiche der Natur, dem Mineral-, dem Pflanzen- und dem Tierreich, zum Menschen hin entwickelt. Der Mensch ist das erste Wesen, das von den verdichtetsten Schwingungsbereichen der Materie bis hinauf zu den höchsten Schwingungsgefilden des unendlichen Geistes sämtliche Ebenen in sich vereint. Doch er ist noch nicht vollkommen. Seine Wahrnehmung klebt an einem sehr niederen Frequenzbereich. Sein jetziges Bewußtsein umfaßt erst einen sehr winzigen Teil dessen, wozu es fähig wäre.
Wir haben zu wachsen.

Du haftest an der Materie, weil du an deinen Sinnen haftest. Dadurch nimmst du deinen physischen Körper nicht mehr zur Kenntnis. Werde dir bewußt, welche Prozesse sich in ihm abspielen und welches Verhältnis ihr zueinander habt. Schon bald wirst du wunderbarer Dinge gewahr und dankbar diesen Diener benutzen, der dir gegeben ist.

In Beziehung treten zur physischen Realität: unsere Leiber sitzen auf der Erde, die sie an sich zieht, verdauen Nahrung, die sie uns gab. Unsere Körper sind warm und entspannt, die Haut fühlt Wind und Sonne; Ohren hören unsere Stimmen, das Gras wachsen und die Wolken ziehen; unsere Augen blicken in die tiefen Brunnen unserer Augen; unsere Nase, Lungen, Zellen atmen...
Wir haben uns für diese Schwingungsebene entschieden.

In Beziehung treten zur ätherischen Realität: wir haben Kraft, unsere Glieder zu rühren; Vermittler, die diese Kraft an unseren Willen binden; wunderbare Vitalenergien, die die Funktion der Selbsterhaltung unseres physischen Leibes erhalten; Kraft des Atems.
Wir haben uns dies ausgesucht.
In Beziehung treten zur astralen Realität: Empfindungen in unserer Seele, ausgelöst durch alles und jegliches... Gefühle, die all diesen Phänomenen gegenüberstehen (urteilsschwanger, moralisierend)... Bewußtsein, all dies zu erleben...
In Beziehung treten zur mentalen Realität: Kraft der Erinnerung, hohes Bewußtsein, Ruhe im Mittelpunkt, erhabene Ruhe, unbekümmertes Sich-selbst-sein, Urvertrauen, Liebe.

Spiele *die* Spiele
singe *die* Lieder
tanze *den* Tanz
lache *das* Lachen
atme *die* Energie
spreche *die* Inhalte
mache *die* Bewegungen
tue *die* Dinge,
die *dich* darstellen,
die *wirklich* du sind.
Empfinde die Wahrheit aus deinem Innern,
die Wahrheit, die
du bist.

Sie kommt aus deinem Herzen. Hier ist der Ort, an dem eine Flamme brennt. Der göttliche Funken, der ein Licht ausstrahlt, das ein Lied tiefer Freude ist.

Finde diesen Ort, an dem die schöpferischen Lösungen für deine Probleme ruhen. Finde diesen Ort, der das Tor ist zwischen den Dimensionen, das Tor, wohindurch dasjenige in diese Welt einfließt, was dir Anlaß gibt und

Antrieb und Motivation. Finde diesen Ort, der dein wahres, lichtvolles Selbst ist. Werde dieser Ort, die Wahrheit, die du bist.
Lebe und heilige dein Leben, vollführe den Willen, der durch dich wirkt. (Es gibt keine Ausrede davor, denn nichts und niemand hindert dich daran, außer deiner Angst.)
Kämpfe gegen die (scheinbaren) Feinde des Lebens, Krankheit, Unwahrhaftigkeit, Selbstsucht, indem du deine kleine makelvolle Persönlichkeit aufgibst, um sie auf höherer Ebene wiederzugewinnen, als individuelle, einzigartige Manifestation des lebendigen Wesens ›Grenzenlose Wahrheit und Liebe‹.
Du mußt alles verlieren, um alles zu bekommen. Werde Wahrheit. Du bist schon grenzenlos, erkenne es. Die Welt ist nicht größer als du. Sie enthält nichts, das nicht schon Teil von dir ist.

Spiele *die* Spiele
singe *die* Lieder
tanze *den* Tanz
lache *das* Lachen
atme *die* Energie
spreche *die* Inhalte
mache *die* Bewegungen
tue *die* Dinge,
die *dich* darstellen,
die *du* sind,
die *wirklich du* sind.

Dabei mag es dir helfen, von dem Gesetz des Karma zu wissen, es bewußt zu erleben; es zu durchdringen, auf daß dein Leben ein notwendiger Reinigungsprozeß ist. Du hattest Wünsche, hattest Begierden; sie haben dich in den Schwingungsraum der Materie und des irdischen Lebens herabgezogen. Und nun hast du Gelegenheit, sie auszuleben, bis du über sie hinweg bist. Doch gewöhnlich sammelt sich dabei Neues an, das uns wieder und wieder zurückholt in neue Erdenleben…

Wir suchen es uns dann aus, auf was für ein Leben wir uns da einlassen. Vor der Geburt wissen wir, für welche Eltern, Umgebung, Erfahrungen, Leiden und welchen Tod wir uns da entscheiden. Wir tauchen dann unter und der Schleier senkt sich... Aber es ist *das, genau das,* was wir brauchen. Es ist schön. Es ist gut.

Viele Menschen leugnen dies, denn sie können die tiefe Verantwortung, die diese Erkenntnis nach sich zieht, nicht oder nur schwer ertragen. Tatsächlich ist es leichter, auf Gott und die Welt zu fluchen, als die Verantwortung bei sich selbst zu suchen.

Aber bedenke: wenn du hungrig bist, siehst du nur Essen, wenn du lüstern bist, nur Körper; Dinge, die du gesättigt wenig bemerken würdest. Deine Begierden beeinflussen deine Wahrnehmung. *Deine Begierden erschaffen dein Universum.*

Deshalb sage ich dir: Erkenne deine Wünsche. Unterdrücke sie nicht, denn dann arbeiten sie im Unterbewußtsein weiter. Erkenne sie! Du kannst sie durchaus ausleben, aber bewußt. Werde dir *rechtzeitig* klar darüber, woher sie kommen und wohin sie dich führen wollen. Und denke daran: Du brauchst dich nicht mit ihnen zu identifizieren; weise sie von dir, wenn du sie nicht magst. Gedanken, die dich quälen, werden schon von alleine wegbleiben, wenn du ihnen nur oft genug sagst, daß du eine Zusammenarbeit mit ihnen als entbehrlich ansiehst. Werde dir klar darüber, welchem Gott dein Tempel dienen soll.

Diene der Wahrheit und nicht dir. Sobald du anfängst, Vorteile für dich zu suchen, siehst du nur noch einen Teil der Wirklichkeit; irgend etwas erscheint dir dann wichtiger als irgend etwas, und irgend etwas willst du überhaupt nicht akzeptieren.

In dem Maße, wie du dich freier von Wünschen für deine eigene kleine Abgetrenntheit machst, wird deine *Wahr*nehmung der *Wahr*heit wachsen.

Du wirst erkennen, daß alles, was zu dir kommt, ob ›gut‹ oder ›schlecht‹, dir etwas zeigen, dich etwas lehren will.

In dem Maße, wie deine Angst um Körper und Ego sich verliert, wird dein Vertrauen ins Leben wachsen.

Was soll schon passieren? Es treten dir ja nur deine einstigen Begierden gegenüber.

In dem Maße, wie du nicht mehr soviel an deine eigene kleine Persönlichkeit denken mußt, kannst du offen sein für andere und freier, dich in andere Lebensformen hineinzuversetzen – mitzufühlen.
Das nennt man Liebe, und dieser wunderschöne Weg ist tatsächlich fähig, dich durch die Mauern und Ketten der Vereinsamung wieder hinaus zum Licht zu führen.
Wenn keine Belange des Ego dem Reinen Licht der Wahrheit, das aus dem Mittelpunkt scheint, mehr im Wege stehen, es trüben, sind wir Reine Werkzeuge des Einen Willens des Einen Lebens, das hinter allen von uns sich befindet.

Als Mutter Erde den Menschen gebar, kam ein Wesen in die Welt, das nicht mehr weiterhin unbewußt gelenkt werden sollte vom Großen Plan, sondern das *erkennen* soll die wartenden, göttlichen Kräfte, *wissen* um die Struktur der Welt. Einen eigenen Willen haben, *selbst* entscheiden, Diener zu sein für das Große Leben. Der Preis für diese Freiheit ist nicht gering. Selbstsucht und Unwahrhaftigkeit sind die Gefahren, die das Ich-Bewußtsein überstehen muß, um daraus geläutert und gestärkt hervorzugehen.
Die Mission des Menschen ist es jetzt, die drei Fähigkeiten *Denken* (nicht wir denken, ›es‹ denkt in uns) *Fühlen* und *Handeln* durch *bewußte Arbeit des Ich* miteinander ins Gleichgewicht zu bringen. Durch diese Harmonisierung entsteht etwas völlig Neues: die Liebe. Nur durch rechtes Zusammenwirken von Denken, Fühlen und Handeln können wir in uns den Ort erreichen, der Liebe ist; *wo wir Liebe sind.* Die Verschmelzung von Bewußtsein und Liebe. In dem Fluß der Evolution dieses Planeten ist das ein gewaltiger Schritt nach vorn...

Weißt du, Cerric, wenn annähernd zwei Jahrtausende über uns vergangen sind, am Ende des Fische-Zeitalters, werden hier riesige Ungeheuer hocken, die lärmen und stinken, für alle Sinne etwas Beleidigendes haben, und sie werden Massen von einsamen Menschen fressen, allmorgendlich, um sie abends, ausgelaugt, wieder auszuspucken. Von unserem Volk aus betrachtet macht die römische Zivilisation ja erst den Anfang in dieser Sache. Die Kinder der Menschen werden in große Häuser gesperrt, und bis zur Verzweiflung der Kleinen werden ihre Köpfe vollgestopft, fern vom Licht des Tages. Und niemand fragt mehr nach dem Herzen. Der Geist der Dankbarkeit wird in jener Zeit besiegt sein vom Dämonen des Verlangens. Die Mutter der Dankbarkeit schenkt dem, der sich mit ihr vereint, Zu*frieden*heit und Freude. Doch der Dämon der Sucht hat nur Schmerz und Angst zu geben, was er auch mit vollen Händen tut. So werden die Menschen verblendet und ohne inneren Mittelpunkt über die Erde irren. In ihrem Wahn werden sie sehr viel Leid schaffen. Doch Leid ist das Feuer karmischer Reinigung. Der Mensch wird seine Augen verschließen vor der Ursache des Leides, das er sich selbst erschuf. Das Ego erlag den Verlockungen. Der Mensch wird nunmal an seinen schwachen Stellen angegriffen, denn diese Punkte sind es, die erstarken müssen und vollkommen werden.

Da wird eine sehr grausame Brut erwachen in der Endzeit, denn die Menschheit wird dort an einer großen Wende stehen und alles verborgene Übel wird noch einmal aus seinen Verstecken hervorbrechen. Von den Nazgûl spreche ich jetzt; unsichtbare Schattengeister sind sie, die sich auf dein Gemüt legen. Sie rauben dir als erstes die Konzentrationskraft und jegliche Motivation, denn sie bauen einen stählernen Kasten um deine Innere Sonne, so daß du plötzlich völlig in der Finsternis sitzt. Allein bist du dann, ein Schmerz quält deine Seele; ein Schmerz, der ständig auf der Grenze zur Unerträglichkeit tänzelt – spöttisch. Du wirst zunehmend willenloser. Furchtbare Zweifel zerstechen dich. Du hast alles was du liebst verloren, verlierst es ständig auf's Neue (denkst du). Fortwährend füllt das widerliche, provozierende Grinsen der Nazgûl dein Blickfeld aus, doch du weißt es nicht und meinst, alle Wesen und selbst Gegenstände verspotten dich. So schaffen es die Nazgûl, daß du selbst die tröstenden Worte deiner treuen Freunde als Hohn empfindest und Letzteren gegenüber sogar aggressiv wirst. Mehr und mehr verstrickst du dich in *die* Realität, die sie dir überstreifen. Manchmal gönnen sie dir noch einen Augenblick der Hoffnung, nur um sie dann im nächsten Moment eiskalt hämisch grinsend zu zerstören. Du siehst deine Hilflosigkeit, die Macht der Nazgûl (die du für die Grausamkeit Gottes hältst), deine Angst, die dich verzehrt und ihnen Kraft gibt…

Und wenn sie dich weit genug haben, führen sie ihr willenloses Opfer ganz geschickt in die offenen Arme eines Wesens, das dir endlich Erleichterung von den Qualen verschafft: der Haß! Er möchte dann dein neuer Gebieter werden.

Wehe den Menschen, die dieses erleben.

Doch es bedeutet nicht mehr Gefahr als auch Möglichkeit, es für die eigentlichen Ziele einzusetzen. Ein gezielter Pfeil unseres Willens, ein Lichtstrahl der Liebe, wandelt diese Kreaturen um. In seinem eigenen Busen muß jeder Mensch die Mächte der Finsternis transformieren in Kräfte des Lichts. Denn so böse sie uns scheinen mögen, auch sie erfüllen nur ihren Weg, ihre Aufgabe innerhalb des großen Spiels. Ihre Attacke zwingt den Betroffenen einfach, sich auf den Weg mit Herz zu begeben, wenn er nicht zugrunde gehen will. So sind unsere Feinde auch unsere Lehrer, denn sie wecken uns für Stufen auf, auf denen wir uns noch nicht befanden. Jede Existenz hat ihren Sinn und jedes Ereignis in unserem Leben ist eine Pforte der Einweihung.

Wir, Cerric, befinden uns am Anfang jener Entwicklungsphase, die den Menschen dort verlassen wird, wo er vor der Selbstzerstörung steht. Doch da wird auch die Zeit gekommen sein, wo andere astrale Einflüsse die Erde umhüllen werden:

Der Gedanke ist mächtig. Deine Gedanken können deinen Körper krank machen oder heilen, Pflanzenwachstum beeinflussen oder einen Hund zum Knurren bringen. Wilde Tiere spüren die Art deiner Gedanken.

Nun, die gierigen, zerstörerischen, negativen Gedankenenergien haben ein ungutes Netz um die Erde gesponnen, das wohl noch nie so stark war wie jetzt. Der Bestand der Erde ruhte auf dem Ausgleich durch die Gedanken der Liebe und aller positiven Gedankenformen. Diese Waage ist nun am Schwanken. Die Erdmutter braucht uns! JETZT! Nicht morgen. JETZT!

Die Verblendeten dürfen uns nicht dazu bringen, ihre negativen Gedankenformen anzunehmen. Auf keinen Fall dürfen wir es zulassen, daß unser inneres Gleichgewicht zerstört wird, die heitere Ruhe aus der wir fähig sind, zu lieben. Sobald sie es vollbracht haben, daß wir sie hassen, kämpfen wir schon auf ihrer Seite. Denn zerstörerische Wünsche unsererseits, die uns vorgaukeln wollen, dem Wohle der Erde und ihrer Kinder zugute zu kommen, fügen sich wahrhaftig nur ein in die große, gefährliche Wolke von Vernichtungsgelüsten, die die Erde momentan noch einhüllt und die Sonne verdunkelt. Natürliche Empfindungen, wie Abscheu, zu unterdrücken wäre sehr verkehrt, aber wir dürfen uns nicht in maßlosem Ärger oder Verzweiflung gehen lassen. Sich damit zu schwächen hat wirklich keinen Sinn. Die Dinge, die wir nicht ändern können, können wir nun einmal nicht ändern. Wir brauchen unseren Mut und unsere Kraft für das, *was* wir ändern können. Es ist gut, wenn dabei jeder auf der Ebene beginnt, zu der er sich besonders eignet, einfach auf den Ebenen, die ihn rufen. Denn dann stehen sich der Prozeß der Selbstwerdung und der gemeinsame Kampf für die neue Welt nicht im Wege, sondern ergänzen sich noch. Heere von Uniformen gegen eine Menge von Individualitäten. Das Leben ist nun einmal vielfältig und nicht uniform. *Vielfalt gegen Einfalt.* Auf unserer Seite ist die Wahrheit. Was ist stärker als sie? Das Leben wird siegen. Das Leben ist ewig.

Hohe Wahrheit, blaue Wahrheit, Wolkenwirklichkeit.
Tiefe Wahrheit, fruchtbare Wahrheit, tragende Wahrheit.
Wirklichkeit grüner Horizonte, Wirklichkeit roter Sonnen in goldenen Lüften über purpur schimmernden Landen.
Im Grase knie ich nieder vor einer kleinen weißen Blume. Sie sagt mir:

Da war Erde
  dunkel und schwer
da ist Erde
  wir riechen
da war Wasser
  fließend und frei
da ist Wasser
  wir fühlen
da war Luft
  frisch und sanft
da ist Luft
  wir hören

da kam Licht
  silbern und golden
da ist Licht
  wir sehen
da ist eine Welt
  Wahrheit und Liebe
ist eine Welt
  wir sind.

Ich kann meine Augen verlieren und dennoch weiterleben.
Ich kann meine Hände verlieren und dennoch weiterleben.
Ich kann meine Beine verlieren und dennoch weiterleben.
Ich kann Ohren, Nase, Zähne, Haare verlieren und dennoch weiterleben.

Aber wenn ich die Erde verliere, sterbe ich.
Wenn ich das Wasser verliere, sterbe ich.
Wenn ich die Sonne verliere, sterbe ich.
Wenn ich die Pflanzen, Tiere, Sterne verliere, sterbe ich.

Was ist mein wahrer Körper?

Ehre den Schlaf. Gedenke seiner heilenden Wirkung.
Achte und liebe ihn, wenn du dich niederlegst, um hingebungsvoll auf seine Umarmung zu warten. Der Engel des Schlafs ist es, der dich wieder aufbaut.
Sanft und weich hüllt er dich ein und trägt dich davon; du entgleitest den Sorgen, den Schmerzen; der Moment fließt in die Ewigkeit und alles ist gut…

Das Erwachen (die Neuschöpfung der Welt)
Aus dem Dunkel taucht eine Melodie auf
leise klingt sie aus der Ferne   sie ist schön
sie singt von Galaxien, von schier endlosen Räumen,
von Sonnen und Planeten, von Äonen und Ionen, von kreisenden Tänzen.

Von einer gelbgoldenen Sonne,
einer blauen Perle und einem silberweißen Mond.

Wolken, Bewegung, Luft
Wasser, Erfrischung, Leben
Erde, Grund, Kraft
Feuer, Wärme, Licht
Blätter, Wurzeln, Blumengärten
Vögel, Tiere, Traumgefährten.

Stille im Nebel, flüsternder Dunst,
Tau der singt,
donnernd geht die Sonne auf

Ich lebe, ich lebe, Menschengemeinschaften, singen, arbeiten, tanzen,
bewegte Hände tun ihr Werk wie Schnäbel, Tatzen, Mäuler, Zangen,
Blätter, Tropfen, Flammen, Wirbel, Planeten ihr Werk tun;
die Welt dreht sich, alles bewegt sich.
Ich atme die gleiche Luft, die der Wind bewegt.
Nun öffne ich meine Augen dem blauen Himmel entgegen:
Wolken und Vögel.
Mein Blut fließt wie die Flüsse.
Ob sie fern sind oder nah, ich bin von Bäumen umgeben. Von der Kraft
der Erde ist mein Leib genährt, Wärme der Sonne habe ich in mir und
Kraft, meine Glieder zu rühren.
Ich bin erwacht.

5. Wurzel

DIE NACHT
(Verehrung der Schönen Göttin)

Viele Monde war Cerric auf Otram Gibur, lebte und arbeitete mit den Frauen und lernte viel von Amatreeya. Zunehmend ins Gleichgewicht kam er, denn neben dem geradlinigen, männlichen Denken des zerlegenden

Verstandes begann nun das spiralende, runde, weibliche Denken sich zu entfalten, das nach Gemeinsamkeiten, Verwandschaft und Analogien sucht und nicht nach Unterschieden. Und er übte sich darin, seine Sinne und sein Herz zu öffnen, um die Wahrheit, die ihn umgab, wahrnehmen, in sich aufnehmen zu können. So entdeckte er viele Wunder, die er noch nie gesehen, obwohl sie doch schon immer dagewesen.

Und eines Tages schickte ihn Amatreeya fort. Sie sagte, er habe nun genug *Verständnis* gewonnen über den Weltgeist und die Ebenen seiner Realität. Nun müsse er *erleben.*
»Denn Wissen, das wir nur im Kopf haben, bleibt immer nur ein *Glaube,* der von der Kraft des Lebens leicht mit einem widersprechenden Erlebnis erschüttert und hinfortgeweht werden kann. Erst wenn ein tiefes, seelisches *Erleben* mit dem intellektuell Gelernten einhergeht, wird daraus wirklich *unsere* Erfahrung. Alles andere ist Imitation. Kopf und Herz müssen harmonisch zusammenarbeiten, keiner darf das Andere unterdrücken.«

Cerric war nun auf dem Weg zum Hünentanz, dem Guten Ring, der Pforte. Wieder allein war er, aber keineswegs einsam.

Er hörte dem Winde zu
und er erkannte…
und er bat den Wind,
ihn von seiner Taubheit und Blindheit
zu befreien,
und der Wind nahm sie mit sich.

Und er hörte dem Regen zu
und er erkannte…
und er bat den Regen,
ihn von seiner Unreinheit
zu befreien,
und der heilige Regen wusch ihn.

6. Wurzel

OFFENHEIT
Lieder von Wind und Regen

»durun du dudwi durun dubub du-i durundubdu-idububdu... «

(leichter Regen in einer Kastanie)

»weidarandurabdaba huiharandab-dinarda heydababgandibaya guchupdabada... «

(leichter Regen in einer Buche)

»dalida dub darida galichandabdadida galidadib dabida dalapdan... «

(leichter Regen in einem Ahorn)

»Leyyyyylaleilalila leyyyyhaleililandaheya liiiiiilaaaley... «

(Brise in der Birke)

»houou houwow hollommhou hommmm hommmouhou hollom-hou hollouououhommlomm... «

(Wind im Holunder)

»myriaaaa heyyada mygwestidariaaa
seyajaaa myriaaa gwech didaria diasem
haria haria myria gwestidaria
haria haria myria gwestithiumm... «

(Wind und Regen in der Esche)

7. Wurzel

DER ALL-EWIGE KREIS DES LEBENS

All die Jahre hatten die tuath da Rhiannon Cerric, ihren Sohn, nicht vergessen. Von Zeit zu Zeit empfingen Einzelne hellsichtige Träume, so daß es immer über alle Zweifel erhaben blieb, daß Cerric noch lebte, zwar litt, aber doch seinen Schicksalsweg erfüllte, genau das erlebte, was zu dieser Zeit das Beste für diese alte Seele war. So fuhren sie stets fort, ihn in ihre Gebete einzuschließen. Oft sandten sie gute Wünsche, Gedankenenergie, aus für ihn. Vielleicht waren es auch diese Wünsche, die ihm halfen, Athumb Gador, dem Singenden Baume, zu begegnen; jenes Ereignis, das seiner damaligen Suche eine erste Richtung schenkte.

Sieben dutzend Fußpaare schritten nun bedächtig über die Salisbury Plains, die Ebenen, die den Hünentanz umgeben. Die 'tuath da Rhiannon, Greise wie Kinder, näherten sich von Osten der Stätte. Es war der Abend vor dem Mittsommertag, dem längsten des Jahres. Das Licht der untergehenden Sonne malte viele Formen nackter Menschenfüße auf die wilden Wiesen. Sie, die Geberin des Lichts, zu ehren, waren die Kinder Rhiannons unterwegs. Es war wie *ein* Geist, der in der Gruppe lebte, und leise Gesänge des Dankes strömten von ihm aus, ergossen sich über die Ebenen, verschmolzen mit dem Licht der Sonne, verhallten lautlos, aber nicht ungehört, in den Weiten des endlosen Raumes...
Jedes einzelne Bewußtsein, das an diesem Gruppengeist teilhatte, erblickte da plötzlich ein Bild vor dem geistigen Auge: Cerric sahen sie in der Mitte des Steinkreises knien. Sein Kopf war nach hinten geneigt, so daß seine Augen über den hohen Altarstein in die Ferne des Himmels blickten. Nasse Spuren liefen ihm über Brust und Wangen. Eine kleine, orange-goldene Sonne befand sich in jedem der vielenTropfen, die über seine Haut zur Erde rollten. Doch keine Trauer umgab ihn. Es war eher so, als ob er gar nicht anwesend sei hinter seinen Augen...
Kurz nur war das Bild, doch jenen, die Cerric am meisten liebten, wurde eine Ahnung zur Gewißheit...

Dreiundzwanzig Schritte maß der Schatten eines Menschen, ein langer, dunkler Pfeil, dessen Spitze den Rand des unvergänglichen Kreises berührte. Cerric stand still. Seine Rückseite empfing die letzte Wärme der Sonne. Seine Augen blickten zu den Füßen hinab, folgten dem Schatten, bis sein Blick auf dem Hünentanz zur Ruhe kam. Leicht und ruhig ging sein Atem und gleichzeitig tief. Sehr tief, drang spürbar bis in jede Zelle seines Körpers. Und drang spürbar bis in jeden Ort seiner Seele, seines gesamten Wesens. Nichts war mehr dort, das dem gesegneten Odem des Lebens Widerstand leistete. Nichts war mehr dort, das der Atem reinigen mußte. Ungehindert pulsierte er überall. Frei, fließend, heiter.

Cerric setzte seinen Körper in Bewegung. Die Spitze des Schattens schob sich in das geweihte Rund. Während er sich näherte, tauchte seine Vergangenheit vor ihm auf. Orte, Situationen, der ganze Fluß seiner Entwicklung: der leicht und fröhlich talwärts plätschernde Bach der Kindheit, der junge Fluß, wild und kühn, Stromschnellen der Begeisterung, Leidenschaften, Wasserfallekstasen, aber auch Ausweglosigkeiten, Stauseen, zähe Felsen, bis endlich ein Weg gewaschen ist, unbeirrbare Beharrlichkeit – führt zu Wachstum, vereinigt uns mit Erfahrungen, die die Zeit uns bringt, wachsen zum ehrwürdigen, breiten Strom heran, der rasch und doch in einer gleichmäßigen Ruhe dahinfließt, mit einem rauschenden Lied, das uns an die Ewigkeit gemahnt...
Mit dem letzten Schritt sah Cerric den Ozean am Horizont auftauchen.

Cerric betrat den Kreis. In diesem Moment sank eine Erkenntnis in sein Bewußtsein. Plötzlich sah, hörte, fühlte, roch und schmeckte er mit jeder Faser seines Seins die Gnade seines Schicksalsweges. Die schönen Jahre, die bitteren, die Grausamkeit der Unterdrückung, der Einsamkeit, der Suche, dann das Finden, die Lehrjahre, alles, alles war Teil eines gewaltigen Mandalas, eines wunderbaren Bildes, durch das sich das Ewige Gesetz offenbart. Er erkannte, daß er sich sein Leiden selbst erschaffen hatte, durch vorhergegangene Taten, die Leid und Freude und alle ›Zufälle‹ einfach als Folgewirkung heraufbeschworen hatten. Er erkannte, daß alles ihm Widerfahrene Geschenk war, Hilfe, ihn zu heilen, ihn zurückzuführen zum Einklang, zum Ein-Klang, zur Einheit.

Viele Wünsche erfüllen sich erst, wenn wir über sie hinausgewachsen sind. Sein Weg war der Weg der Hingabe. Viele Leiden lassen erst von uns ab, wenn wir bereit geworden sind, sie anzunehmen. Sein Weg war der Weg der Hingabe. Er stellte nicht mehr in Frage, verurteilte nicht mehr. Er nahm nur alles, was kam. Er nahm es einfach. Machte aus allem ein Stück des Weges der Bewußtwerdung, der Selbstwerdung. Er hatte den Ort in sich gefunden, der auf Alles und Jegliches mit reiner, klarer, starker Liebe antworten konnte. Cerric erkannte, daß Liebe die Kraft ist, die das Universum zusammenhält. Allumfassende Liebe ist die stärkste Macht im Kosmos.
Er erkannte das nicht etwa in seinem Kopf, mit verständnismäßigem Denken, nein, er erkannte sein eigenstes Ich, Innerstes Selbst als eins mit diesem Wesen. Er *wurde* diese Liebe. Dies war der Moment, in dem sein Wesen sich zu verströmen begann, aus dem Körper austrat, sich mit der Luft und den Steinen und dem Erdboden vereinte.

Doch ein kleiner Rest des Verstandes war noch in ihm. Jenes Verstandes, der dem Menschen gegeben war, ihm als unterscheidende Bewußtheit zu dienen, ein Individuum durch das Große Spiel zu lenken, bis es wieder in der Einheit verschmolz. Jenes Verstandes, der sich überentwickelte und ein Ego gebar. Der immerzu denkt: »Ich bin ein Einzelnes«, so laut, daß das Bewußtsein das Gefühl nicht mehr hört, mit Allem eins zu sein. Jener Verstand, der Menschen dazu bringt, ständig umherzulaufen und Dinge zu tun, um sich selbst zu bestätigen. Er braucht etwas, mit dem er sich identifizieren kann. Er möchte sagen: »Das... bin ich«, hat Angst davor, in die Leere-die-keine-ist zu fallen.
So hatte auch Cerric noch ein bißchen von seinem Weltbild, von dem Rahmen, mit dem er versuchte, die Wahrheit einzusperren. Im Moment identifizierte er sich nur noch mit dem Geheiligten Ort und seiner Endlosen Liebe. Doch er erkannte, daß er auch dieses loslassen mußte. Und seine Liebe war stärker als die Identifikation mit ihr. In größter Todesangst bäumte sich der Verstand noch einmal auf, als Cerric sich in unbezwingbarem Urvertrauen hingab und losließ. Er ließ los, ließ alles hinter sich, sprang in den nächsten Moment...

Es gibt nur zwei Möglichkeiten:
anzuhalten,
und sich mit einer bestimmten Form
zu identifizieren,
oder
frei
durch alles hindurchzufließen.

Der kosmische Ozean des Lebens
ist die Urenergie
die in Allem schwingt
Alles belebt
Alles in jedem Augenblick neu erschafft
Allmutter
weiser Vater
allmächtig,
sich in endloser Vielfalt von Formen
selbst begegnend.
Ewiglich
ohne Stillstand
in stetigem Wandel.

Es existierte kein Cerric mehr.

Er hatte sich dem Einen Leben geopfert, nichts mehr für sich behalten wollen, alles gegeben. So hatte seine Liebe zum Leben, zum Weltgeist, ihn mit dem Geliebten vereint. Es gab keinen Liebenden und keinen Geliebten mehr. Es gab nur noch eins. Es gab nur noch Wahrheit. Cerric war diese Wahrheit, aber er wußte es nicht. Denn da war niemand mehr, der wissen konnte. Es war nur noch reines Sein. Lichttanz außerhalb des Rades der Zeit. Alles enthaltende Fülle. Die absolute Glücksseligkeit, die dich ergreift, wenn du dich dem Sein näherst, wird dich verschlungen haben, ehe du ankommst. Du kannst diese Energie nicht *bekommen*, du kannst sie nur *werden*.

Die allwissende Weisheit, die auch in Cerrics lebloser Hülle sich befand, wollte nicht, daß dieser Leib in den nächsten Tagen zerfällt, da nun kein

bestimmter Wille, kein Antrieb ihn mehr nährte. Es beschloß das Allumfassende Bewußtsein, diese Ausdrucksform wieder mit Sinn zu füllen. Und siehe! Da ward ein neues Wesen geboren, das voll von Liebe zu seinen Schwestern und Brüdern ging, um ihnen vom Lichte der Schöpfung zu künden, das klar und strahlend scheint hinter den Schleiern der Illusion.
Ein Sohn der Wahrheit, ein Kind des Lichts, der Sohn der Kraft, die den Kosmos erschafft,

CERRIC mab KARDAC

ging seinem Volk entgegen, um es zu führen in den Frieden des Baumes des Lebens, der da steht im Meer der Ewigkeit.

ICH BIN
IN ALLEM WAS LEBT.
VERGISS NICHT,
DASS IN ALLEM WAS LEBT
ICH BIN.

FRed 81